KB209793

내가 사랑한 거짓말

내가 사랑한 거짓말

창비

차례

제1부

제2부

제3부

제4부

제 1 부

언덕

언덕
파란 눈썹과 같은 언덕

나는 언덕을 사랑하지 않을 수 없지
무엇이든 그 언덕을 넘어서 왔거든
나는 언덕을 넘어오는 한 사람으로부터 나였으니까

그 한 사람을 무슨 이름으로 불러야 할지 알 수 없지
그리하여 한번도 부르지 못하고

나는 그 언덕의 노래였으면 했지
주인이 없거든 노래는 갇히지 않지
그 언덕과 같지 노을 속에서
멀리 사랑이 보이지 붉게 타는 노을
사랑이 보이는 그 긴 언덕을 나는 사랑하지

나는 그 언덕을 넘어서 가지
누구든 언덕을 넘어서 갔거든
하늘 보며 작아지며 넘어갔거든

나는 보이지 않지 그대로
언덕이거나
적막이거나

나는 언덕을 넘어오는 한 사람으로부터만
나였으니까

다시 언덕

많이 걸었어
햇볕은 온도를 반납하고
적절히 논밭의 편이다
이때에
나는 바람의 동무
걸어온 내력이
마른 꽃다발보다 가벼워
핑경 소리 같네
이젠 언덕에 앉자
언덕이 되어보자
스스럼없는 메꽃들 모여 놀도록

백일몽이라고는 일절 없어 보이는 메꽃들
돋아 올라간 언덕
오후 세시 버스가
마저 내려놓고 가는 언덕
희끗한 걸음
오래 걸었어

느티

누가 심었는지 모를 동구 언덕 느티나무가 한 백년 살아서 집터만 한 그늘을 깔고 앉아서 지나는 바람마다 불러들여 해주는 이야기에는 살아온 내력의 울음 섞인 이야기가 제일로 많긴 하지만 이삼월 건너 사오월로 넘어갈 적의 연두 초록 혀끝에마저 울음을 얹긴 싫어서 삼월 마지막 날이 사월 첫날을 맞아들이는 듯한 순전한 눈웃음끼리의 마주봄, 그것 젖히고 피어나는 입술의 맞닿음 속 허밍, 손톱 빛깔의 하늘 이야기를 루루루 루루루 해대는 것이다

시월 바다를 향해 말하다

시월에는 바다를 향해 말합니다
가던 길 멈추고 돌아서서 말합니다
찬란한 반짝임 모두 모아 붙들고 말합니다

바다가 말합니다
시월 바다가 말합니다
일시 반짝임 멈추어 숨 가삐 말합니다
어서 말하라 말합니다

노을

대여섯살 때부터 집 뒤 언덕에서 날마다 보아왔던 노을은
아무리 생각해봐도 하늘의 한때만은 아니었던 듯합니다

진홍과 보라가 뒤섞여 어디론가 고요히 흘러가기도 하고
타들어가기도 하던 그 빛깔들의 찬란한 운행이 저편 어딘가
에는 여전히 있습니다

내가 눈을 감고 숨을 놓을 때에도 희미한 의식의 마지막
에 남아 흐를 빛깔만 같은 그것은 아무리 생각해봐도 하늘
의 한때만은 아니었던 듯합니다

맨 처음 혼자가 되어 바라보던 그 노을은 분명 하늘의
전체!
지나는 한낮들이 가리다가 끝내는 다 못 가려서
할 수 없이 조금은 보이고 만 거였습니다
그렇지 않고는 삶 내내 앓아온 그리움이 꼭 그 노을을 닮
았을 리가 없습니다
찬란히도 타들어가며 흐르던 그 노을을 닮았을 리가 없습
니다

내 맨 나중 가질 것은

내 맨 나중 가질 것을
봄비는 숨겨 가졌어요
그것은 연두색 춤이고요
떡잎의 어깨이고요
실눈 안의 수정 어둠이에요
일어나 그대로 봄비를 입으니
나는 춤이에요
나는 춤을 입고
길을 떠가요
온 생을 그렇게 떠갈 거예요
가을비에도 함박눈에도 나는 실려서

함부로 말 건네기 어려워요
먼 길을 온 거고
그것도 아이 걸음으로 온 거니
말 건네기 어려워요
그러나 그 자옥한 소리는
내 삼킨 말들을 용케도 알아서
명치의 뭉친 말들 잡아당겨요

실마리를 잡아 풀어가요

봄비는
실버들에 실려요
봄비를 젖혀 여니 거기
춤이 가득
겨울 하늘을 풀고 오는 봄비 앞에
쪼그려 앉아요
봄비는 눈이 낮아서
앉아 눈 맞춰요

연꽃 심을 때

물에 노래를 심다니요
그것도 지금 노래가 아니라 훗날
하지(夏至) 때의 그 노래를 심다니요
매일 아비를 잃는, 그믐마다 어미를 잃는
울음 아닌 노래를 심다니요

물에서 피는 꽃이라니요
꽃에서 나는 노래라니요

쌀농사가 아닌 노래 농사라니요
매년 풍년의
노래 농사라니요

가을 연밭

가을 연밭 가보니 연꽃은 모두가 나누어 가져갔고 참담히 고개 꺾은 그림자만 사초(史草)처럼 지나간 음률을 지키고 있으니 나는 시동을 끄고 차에서 내려 내 이름을 내려놓고 내 이마를 내려놓고 그 음률 위에 가 앉아 먼지바람이나 안개나 혹은 는개류(類)의 수레를 기다리기로 한다. 소나기철이 지나 소나기의 코러스가 없을 것이 아쉬우나 누년간의 연 농사의 수확이 이토록 크네.

꽃이 무거운 꽃나무여

꽃나무는 심어놓고
잊었더니만

어느 날
꽃이 무거워 가지가 휘는 작은 꽃나무여
첫 꽃 핀 꽃사과여
그 꽃의 중량을 가늠해보니
세상에 와서 처음 업어보는 연인의 무게만 하겠네
상기된 미소, 그 무게만 하겠네
숨이 막히도록 무거운 피어남들

꽃이 무거워 가지가 휘는 작은 꽃나무여
꽃 떨구고 하늘로 솟을라나?
혼이 난 김에 아주 솟아 갈라나?
숭굴숭굴한 진자줏빛 무게여

꽃의 무게로 일생이 휘는 일이여

꽃과 물과 구름 노래

강진 백운동 별서 정원 주인께

내 아는 꽃송이 하나는
크기도 하여라
그 크기 헤아려보려 하였으나
경계에 큰 안개 흩어졌네
내 좋아한 한 나무는
높이가 아득하고 그늘로 수수한 노래 가득하여라
때 없이 꽃들 피어 흩어지니
맘껏 가질 수는 없어라
어느 하루 꽃 위에 앉았더니
이슬 더불어 앞자리 푸른 바위도 따라 올라와 앉고
동백 숲도 무리무리 찾아들어
물은 내려가네
물은 자꾸 돌아보며
내려가네
물에 뜬 붉은 꽃 있걸랑
두 손바닥으로 움켜잡으소
뉘 소식인가 고개를 들어 보소
그 위에 나 있으나 찾아 무엇하리
구름 신발 신었는걸

창을 닦아요
대나무가 있는 방 1

창을 닦지요
이력이 한줄 늘어나 더
투명해지는 것은
바람 말고는 없지요
창밖에는 대나무들이 푸르죠
비 오면 창을 터서 소리들을 들이죠
심야, 총총한 어둠에 고요히 서 있는 대들은
사랑을 앓는 자세죠
창을 닦아요
창이 없도록
창이 없도록
투명까지도 없도록
닦아요
부술 수 없으니
창을 닦아요

대숲 아침 해

대나무가 있는 방 2

창 앞
대숲 아침 해
굶주린 호랑이처럼 쏟아져 들어와
내 넘치는 불면의 살들을 내주니
서둘러 먹고는 입술을 핥으며
남쪽으로 돌아가네

대숲 아침 해
서쪽 창에 닿기까지
나는 살아서 다시 가슴에 피를 보내
가문 밭을 가꾸다가
또 한번 창에 들이닥치는
허기진 눈빛 있으면
서로를 핥으며
어둠을 덮으리

좁은 봄
온달 이야기*에서

궁 나오는 공주의
팔꿈치에 맨 열개의 금가락지 속에
하늘빛 웃음의 말(馬)들이 뛰노니

길이 좁고
봄도 좁아라

* 공주는 귀중한 가락지 열개를 팔꿈치에 맨 뒤에 궁궐을 나와 홀로 걸어가다가 길에서 한 사람을 만나 온달의 집을 물어서 그 집에 이르렀다. 『삼국사기』 열전 「온달전」에서.

가을 포구

쉰개의 불빛이 있는
포구
예순개의 물방울이 맺힌
창
넝쿨이 다 드러난 목소리가
호명한 이름 중에
나는 살아서
불빛 실은
밤물결이리

거기 오시려거든 지난봄들은
보조개를 잃지 마시기를

가을밤
야윈 밤
불을 쬐리

상강(霜降)

그이를 만나러 간다

여전히 오지 않고
그저 파밭 가에 앉아 있듯
푸르고 매운 자리

삭정이 끝에
잠자리 놀듯
골똘한 오후

내일도
눈썹 그늘이 길어져서
있을 만한 자리

자리가 삭지 않아
서리를 맞는 자리

제 2 부

목도장

서랍의 거미줄 아래
아버지의 목도장
이름 세 글자
인주를 찾아서 한번 종이에 찍어보니
문턱처럼 닳아진 성과 이름

이 도장으로 무엇을 하셨나
눈앞으로 뜨거운 것이 지나간다
이 흐린 나라를 하나 물려주는 일에 이름이 다 닳았으니
국경이 헐거워 자꾸만 넓어지는 이 나라를
나는 저녁 어스름이라고나 불러야 할까보다

어스름 귀퉁이에 아버지 흐린 이름을 붉게 찍어놓으니
제법 그럴싸한 표구가 되었으나
그림은 비어 있네

콩

눈 오는 날 오후에 할머니는 옻칠한 반상 하나를 펴고 그 위에 노란 콩을 한주먹씩 쏟아놓고 고르곤 하였는데 그 상 위의 소리는 참으로 들을 만한 것으로서 거듭될 때마다 처마 끝으로 눈송이들이 더 모여드는 것이었다. 여문 것들은 상 끝으로까지 저절로 굴러와 닿았는데 자꾸 밖을 내다보는 나를 부르러 오는 것만 같았다. 이듬해 반소매 차림으로나 안 사실이지만 푸른 떡잎 두개가 솟아나오는 것을 보니 그때의 그 상 위에서의 제 구르는 소리들을 들으며 생긴 것이었으려나? 보태서 창문 밖 눈의 소리들도 새겨들었을 터이니 그 작은 콩 속의 두 귀는 너무나 깊고 크고 밝았던 것이다

시 창작 수업

흰 접시를 하나 앞에 놓고 바라보자
냉수를 부어놓고 또 바라보자
주변에 꽃이 있걸랑 뜯어 흩어놓아보자

주머니를 뒤져
자동차 키, 열쇠 꾸러미를 내놓고 바라보자

흰 접시를 맑게 씻어놓고 귀 기울여보자
젊은 친구여
어떤가?

기타를 하나 사서 딩가딩가 노래를 부르자
흙을 퍼 담고 들꽃을 심자
어떤가?

흰죽

흰,
창호지 내음새
창호지 내음새가 나서
울음 둘레 같은 것도 있다

느리게
빈 산이 걸어와 비치고
산의 뒤편으로
울긋불긋 꽃마을도 숨었다

마알간 숨 아래
외던 경(經)처럼
흰죽 한그릇

젓던 손은 시리고
싸락눈이 와서
흐린 발자국도 생기는
흰,
길

가구를 옮기다

가구를 옮겨요
가볍습니다
거무튀튀한 몸뚱이
이제 더는 고집을 부릴 수 없는 무게
바닥에 붙었던 네 발바닥이 쩍 소리를 낸 것 외에는,
멀미처럼 중간의 서랍들이 한꺼번에 쏟아져 내릴 뻔한 일 외에는
무리 없는 일이었죠

문밖으로 내놓고
다시 들어와
그 자리를 바라봐요

가구는 내 것은 아니었어요
물론 내 물건도 좀 들어는 있었겠지요
가령 배냇저고리 같은 것들
차차 줄어서 나중에는 아무것도 없었지만

가구는 다소 두려운 듯

햇빛 아래 다소곳했죠
오줌을 지린 듯한 무안한 표정
나무 빛깔은 모두 잦아들어 그윽했지만
드러난 먼지 때문에 원재질을 모르는 이는 알아보기 어렵죠

조금씩 움직여 출렁이기 시작한 작은 목선(木船)을 문밖에 두고
다시 들어온 나는 그대로 서서
빈자리를 바라봐요
누가 와서 깨우기 전까지
오래 바라봐요

비어 있다고 말할 수 없어요
긴 메아리의 그 자리를

밖으로 나갔을 때 아무것도 없을지 몰라요
어디론가 떠가고 없을는지 몰라요
출렁이는 메아리를 따라서

열쇠

잃어버린 열쇠를 끝내 찾지 못하고
치매의 아름다움 속을 순례한다
열쇠 구멍에 입김을 불어 넣는다
열쇠 구멍 속에 장미꽃 가지를 넣어 돌린다
(꽃은 손안에 그득히 쥐고는!)

남들은 저녁이 온다고 하겠으나
나는 바람의 그윽한 방문이라고 한다든가
늑대 한 무리를 몰고서는 늘 교묘한 악한의 집 앞을
지나갈 수도 있다

잃어버린 열쇠는 제 임무에서 놓여나 건달이 되었으리라
그를 발견한 자는 자신에게는 전혀 필요치 않은
그 귀골의 자태를
시인을 대하듯 갸웃거리며 지나치리라
습득한 자도 순간 복잡해지는 감정 아래
쉽게 쓰레기통에 넣어버릴 수는 없으리라

나는 여전히

열쇠 구멍 앞에서
그 잠금쇠가 삭기를 기다린다
우리 가계(家系)가 언제나 그래왔듯이
기다림이 삭는 줄도 모르고 기다린다
이미 다 털린 줄도 모르고

병풍

날이 차요
병풍을 쳤어요
백비(白碑) 같은 거죠
한기가 안 오는 것은 아니죠
보일러를 꺼봤어요
으르렁대는 하마죠 요즘
너무 많이 먹어요
그렇다고 비장한 것은 아니에요
병풍에 바퀴를 달았거든요
어느 날 스르르 밀쳐서 치우겠죠

그러나
그러나
병풍에
병풍에
그림이 떠요
아주 아름답죠
그림은 살아 있죠
그림은 병풍을 나와요

나를 데리고 가죠
나도 풍경으로 나가요

인내로 만들어진 풍경
향기로운 그림을 나와요
바퀴를 단 병풍을
사랑하기로 했죠

아버지 옷

다락방에서 아버지 옷을 입어보았다 아버지의
서른살 혹은 마흔몇살의 어깨를 감쌌던
소매가, 어깨 끝이 닳았고 안감은 너덜거렸다
중학생에게 터무니없이 컸으나 나는
그 옷 속에서 안온하였다 내 속에도 소중한 무엇이 있는 듯했다
한번쯤 그 옷을 걸치고 거리를 걸었던가?
아무도 알아보지 못할 감정을 데리고 대문을 나섰으나
골목 끝쯤에서 망설임에 패하여 돌아섰던가?
왼쪽 안주머니 앞에 수놓인 노란 아버지 한자(漢字) 이름이
심장에 닿아 따끔거렸는데 그것은 희미한 불씨 같은 것이었는지도 모르지
옛적, 집 안에 숨겨 보존했다는 전설의 그 불씨 말이야
아들이 곧잘 내 서른살의, 마흔살의 옷을 걸치고
서둘러 현관을 나선다 쿵! 대문을 닫고 나간다
엉치 아래 내려오는, 소매 긴 옷을 입고
나는 알지 그 감정 자락을
아들이 눈 오는 저녁 거리로 나서는 날이면

나는 아득한 그 다락방으로 간다
함박눈이 쌓이는 그 다락방으로 가서
아버지 옷!
그래, 그 '아버지 옷'이라는 것이 있지
꽃이 꽃을 벗고
열매가 열매를 입듯이
아버지 옷
아버지 옷

꽃 배달

회색 포장을 씌운
꽃 배달 차
키 커다란 근조 화환
바닥엔 울긋불긋한 꽃바구니들
시작과 종말을 같이 싣고
웃음과 울음을 같이 싣고
신호등의 파란불을 기다린다
우울한 표정으로 조용히
웃음 가득 펼쳐서 사뿐히
각각 배달될 것이다
나도 그와 같아서
나서 죽기까지
웃음 앞에도
울음 뒤에도
꽃을 두었으나
언제나 꽃보다 먼저
시들었다
일 마친 트럭처럼
노을을 기다린다

선망하던 대로
되지는 않을 것이다

제 3 부

자화상

신발은 구겨져 있다
옷장의 옷들이 나프탈렌에 절어 있다
바지 하나는 벨트가 끼워진 채 냉장고 옆에 처박혀 있다

오래된 냉동고가 가늘게 신음한다

무대는 갑자기 꺼져버렸다
나는 꽃을 든 채 피를 흘린다

교도소로 납품되는 형벌들
죄가 돈이 되는구나
큰 죄가 큰돈이 되는구나
죄를 짓는 종사자들
시를 짓다니! 멍청이 같으니라고
오랜 한탄 속에
노을이 목을 베러 온다
노을을 목에 감는다

국적란에 붉은 선을 아름답게 긋는 화가

시비(詩碑)의 전문을 긁어 백비를 만드는 시인
재생되는 돌의 질감

배경에 깔고 천천히 나는
나를 그린다

무지개의 집

용도를 확정할 수 없는 칼이,
새파란 칼이 하나 있습니다
서늘합니다 순간순간 무섭습니다
고요히 다룹니다
날 끝에는 무지개가 삽니다
매일 보이지는 않습니다
한번은 날 위에 장미꽃 송이를 떨어뜨려본 적이 있습니다
새가 날아갔습니다
붉은 새

그후로 그 무지개의 집에
떨어뜨려볼 것의 목록이 가슴 저 밑바닥에서부터
올라오곤 합니다
앞이 침침한 날이면 느리게 조심하며
숫돌에 갈아놓곤 합니다
무지개의 집

기차에서의 술

기차에서 마시는 술은 발밑에 구름을 만드는 일과 같아서 또 가슴께에 파도를 불러 모으는 것과 같아서 나는 목적지로 가는 것이 아니고 이 차 또한 출발한 곳으로 돌아갈 차가 아니고 그 모든 나선의 여정 속에서 술맛 좀 아는 사투리들과 첨작으로 치닫는 술은 차창에 어린 이국(異國) 외투의 어둠이나 못 알아들을 새벽, 발음 새는 가을 나무들, 그런 것들과 함께하는 술은 참 커다랗기도 한 벼슬길의 술이어라

내가 사랑한 거짓말

나는 살아왔다 나는 살았다
살고 있고 얼마간 더 살 것이다
거짓말
그러나 내가 사랑하는 거짓말

나는 어느 날 사타구니가 뭉개졌고 해골바가지가 깨졌고
어깨가 쪼개졌고 누군가에게 버림받고 누군가에게 구조되었다
거짓말, 사실적인……
그러나 내가 사랑한 거짓말

나는 그렇게 내가 사랑한 거짓말로
자서전을 꾸민다

나는 하나의 정원
한창 보라색 거짓말이 피어 있고
곧 피어날 붉은 거짓말이 봉오리를 맺고 있다
거짓말을 옮기고 물을 준다
새와 구름이 거짓말을 더듬어 오가고

저녁이 하늘에 수수만년 빛을 모아 노래한다
어느 날 거짓말을 들추고 들어가면
나는 끝이다
거짓말
내가 사랑할 거짓말

거짓이 빛나는 치장을 하고 거리를 누빈다

묘지명(墓誌銘)

장미

오월 중순 장미들이 껑충 피었는데
한 가지를 꺾어다가 흰 호리병에 꽂아두고는
겹겹 싸인 내전(內殿)을 엿보는데
어디서 온 내력들을
붉디붉은 문장들로 새겨두었다
나는 글 배운 바 없어 읽을 수는 없어서
보며 웃을 뿐이었다

공의 성은 장씨이고 휘는 미이며
허공이 고향이다 글 읽기를 좋아하고 전고(典故)에 대한
지식이 많으며
질문이 있으면 척척 응답하여 의문이 없었다
세상 소인들이 횡행하니 스스로 가시를 내어
멀리하였다

눈 펄펄 날리는 날
이러한 묘지명을 받으러
어느 얼어붙은 빙벽을 방문할 것이다

서너뼘 유리창에 머리를 들이받으면서
벌 몇마리가 잉잉댄다

독작(獨酌)

돌 하나 주워다가 앉혀놓고 나이를 묻는다
오래되어 잘못 알고 있는 답을 여러번 되풀이한다
한번은 쉰살이 넘은 지 여덟해가 지났다고 했다
꽃 피고 새 우는 이야기를 물었다
올봄 들어서는 보지도 듣지도 못했다고……
저녁 하늘 별 불러 앉히는
영롱한 새소리 쪽을 향하며 나는 고개를 끄덕였다
이지러진 자리를 유심히 보며 권하듯 한잔 삼키니
돌부처가 거기 있었다

석불역(石佛驛)* 쪽으로 떠나는
밤 기차 소리 들릴 때 길게 삼킨다
꼬부랑길 지나 산 뒤로 숨은 지 몇달
오래 묵은 도연명을 들춰보나 그의 문장에는 뵈지 않는
신경질과 모욕감을
창자 속으로 감추며 밤새 헝클어뜨리는 마당 달빛들은 누가 거두는지
새벽은 또 생옥빛으로만 물들어오니
혼자 맞기는 아까워라

마당가 풀밭 여기저기 흘린 지린내가
신문지처럼 젖어 있다

* 양평 용문과 원주 사이에 있는 간이역.

노래를 청하다

난로 위 주전자에게 노래를 청하니
끓고
커다란 벽 담쟁이에게도 노래를 청하니
느리게 느리게
푸르렀다

접시에게도
사과에게도
노래를 청해보았다
접시에서는 청색 난초 무늬가 돋아나왔고
사과는 시들어갔다
시듦의 노래로 그 저녁
평화로웠다

언제부터인지 나는 노래를 청하러 다니는 자
하나 누가 나에게도 노래를 청한다면 얼굴이 붉어지겠지
그것이 나의 노래
나는 망설이다가 한마디 하려네

그 모두가 나의 노래, 뗏목
앓는 사랑이라고

사성암*에서

나는 하석(霞石)이라고 이름을 지었다
내가 가질지 나뭇잎처럼 떨어뜨릴지 아직
장담할 수 없다
저녁이면 세개의 노을이 왔다
돌에, 강에, 내게
그 질주를 사랑하기로 맘먹는 동안
급격히 눈이 침침해진다는 비구(比丘)가
절벽 위에 서 있었다

* 구례에 있는 암자. 네 사람의 성인이 머물렀다는 전설이 있다.

새 그리기

새를 그리고 그 옆에 새장을 그린다
그러면 자유를 그린 것 같다
새는 새장을 모른다

새장은 새를 향해 조금씩 다가간다
나를 향해 내가 모르는 죄가 다가오듯이
우리를 향해 우리가 모르는 벌이 다가오듯이

내 이름을 쓰고 이름 위에 새를 그린다
새가 내 이름을 가지고 날아오를 것 같다
날다가 그만 놓아버릴 것 같다

새를 그린다
오래 앉아 있는 새
새를 향해 붉은 하늘이 야금야금 다가온다

가을 손

새벽 술을 마신다
먼동 온다 습관처럼
손을 내려다본다 먼동 위에 뜬 손등
못 보던 손이다
보호색을 띠고 있다
쌓인 나뭇잎 속에 넣으면 숨겠다
가장 가깝게 한 일은
엊저녁 전화기 숫자를 꾹꾹 찍어 벌금을 낸 것
도무지 출처를 알 길 없는 고지서를 찢으며 매번
이승의 비루한 시민임을 입증받고
술병을 딴 일
순서에 따라 잔을 들고 취가 나 자꾸 구부러지는
왼손 엄지를 오른손으로 잡아 펴준 일
일생 손바닥을 펼쳐서 얼굴을 가리던 일이
두 손의 가장 뜻깊은 모습이었으리라
근래 들어 손은 더 커진다
다 야위어지는데
손은 왜 점점 더 넓고 두꺼워지는지 물을 데는 없다
곧 눈보라 속에 녹아 떠돌 테지 자주 묻어 있던

먹물, 코발트블루 잉크 자국들도 퍼져나갈 것이다
새벽 술은 그리하여 다디달다
가을 손이 컴컴하게 놓여 있다

가면론

미당풍으로

가면을 벗고
섬이 되어서
잔물결 몇폭 데리고
떠돌고 싶더니

역병이 돌아
KF94 마스크를 두 귀에 걸어 쓰고
가면을 가리니
숨은 좀 가쁜 반절의 자유

두 눈마저 가려서
따깍따깍, 숨어버린 세상을 찾는 술래가 되어 돌다가
어느 떠돌이 술래 동지를 만나면
반가운 나머지 그만
그 자리에 꽃이 되어 피어서
그 자리에 돌이 되어 앉아서
비로소 술래를 파하고
가면을 벗으리

광장의 화단 모퉁이 꽃과 돌이
올려다보며 내려다보며
가면을 논하네

가면의 생

깃털 천개인 어스름
시월 어스름의 귀로(歸路)
가면을 벗으며 걷네
벗어도 벗어도 가면이야
넋마저 가면일까?
어둠에 얼굴 생겨나
거기 내 얼굴 맞춰 넣어보네
뜨거운 불이야
숨죽인 불이야
언젠가는 가면을 태우며 나올 거야

부스러진 낙엽들 차면서 걷는 귀로
넋마저 차면서 걷는
시월의 귀로

서정시를 쓰십니까?

꽃 피는 사과나무에 대한 감동과
그림쟁이의 연설에 대한 경악이
나의 가슴속에서 다투고 있다.
그러나 바로 이 두번째 것만이
나를 책상으로 몬다.
— 베르톨트 브레히트 「서정시를 쓰기 힘든 시대」

서정시를 쓰십니까?
아니요 벼락을 씁니다
벼락 맞을 짓이라는 말을 들어봤나요?
벼락 맞을 짓을 하는 인간들에 대해서
벼락에 고하는 글을 씁니다

벼락에 고하는 글
화평한 서정시를 쓰고 싶습니다
위선과 비열, 몰염치와 야비, 교활하기까지 한
그 가면들을 순간의 빛 속에 가두고
때리는

서정시를 쓰십니까?
아니요 '서정시'를 씁니다
벼락같은

가을 목수

목수가 고백하였다
교도소의 사형대를 지었노라고
본인의 손으로 그 짓을 하였노라고

목수의 눈에서 가랑잎이 쏟아졌고
희미하게 길이 보였다
노을을 바삐 번역하는
어둠, 속으로

목수가 고백하였다
관을 짰노라고
송진 향을 맡으면서
대패질을 하노라니 하도 결이 고와서
문득 옛날의 어느 노래까지도
숨에 섞여 나왔노라고

그러나 너무 작은 관을 짰노라고
너무나 작은 관이었노라고
목수는 목이 잠겼다

집이 없다고
노을에 기대 구름이 말하고
물의 집처럼
얼음이 어는 밤
산 북쪽에서 자란 나무로 목수는
북쪽 서까래를 깎고
별자리에 먹줄을 놓는다
목수는 끝내 이승에는
집이 없고

사막을 사모함

1

나를 가져
내 모래바람마저 가져
나를 가져
펼친 밤하늘
전갈의 숲
사막인 나를 가져
목마른 노래
내 마른 꽃다발을 가져

2

내가 사막이 되는 동안
사막만 한 눈으로 나를 봐
너의 노래로 귀가 삭아가는 동안
바람의 음정을 알려줘
내가 너를 갖는 동안

모래 능선으로 웃어줘
둘은 모래를 움켜서 먹고는
봄 여름, 가을 겨울이 없는
노래로 눕는 거야
나는 너를 가져 사막이 될 거야
나는 너를 가져 바람 소리가 될 거야

나의 얼굴을 다오

나의 얼굴을 다오
여럿 중 좀 나은 걸로 다오
묻기는 여러 잎사귀들과 바람에게
구름과 거쳐 온 주소들에게 해보았소
쌍소리와 계산서에게도 해보았소
나의 얼굴을 다오

아는 답은 예쁜 저녁노을에 묻어두기로 했는데
마침내 그 저녁이 쫓듯 부지런히 오면
새어 들어오는 노을빛이 너무 가늘어
내 눈에까지 닿지 않을지도 모르겠어
그래서 내 얼굴을 내가 못 보고
그때도 나는 그러겠지
나의 얼굴을 다오

이 얼굴이 나는 아니야

옛집 명자꽃 더미 앞에서

잘못 살았나봐
같이 볼 이 없는
찬란한 이 꽃 더미 앞이라니!

반 웃고 반은 접는다
왜 없었겠냐만
지금은 쑥밭에 길을 내어 그것만이 나의 동무

붉은 그늘 가시 저편 잉잉대는 수만 벌들의 잔치
나는 모르는 세상 잔치도 많았겠지
혼자의 흐린 만찬이 나는 잦았지

찬란한 꽃 그대로 두고 물러나려니
느린 걸음 느린 걸음 아픈 그림자
옛날 어느 봄도 그런 일이 있었던가봐

늦은 점심 뜨는데
국그릇에 자꾸만 꽃잎들이 날려 와 빠져서
여러 봄을 한꺼번에 삼키네

쾌청

이 꽃은 신발을 닮았다
이 꽃은 발바닥을 닮았다
이 꽃은 입술을 닮았다
이 꽃은 사랑에 쓰린 가슴을 닮았다
모여서 어디를 가는가
만장일치
하늘로 갑니다
노래를 부르면서 딱따기를 치면서
하늘로 갑니다

저 별은 눈물을 닮았다
저 별은 선한 이들의 감옥을 닮았다
저 별은 혁명을 닮았다
보이는 하늘 모두 텅 빈 가슴을 닮는다 그,
너비와 높이를 오므려서 어디로 가는가
거기로 갑니다
만장일치
사람 사는 땅으로 갑니다
무섭도록 서러운 노래도 좀 부르면서

멋도 좀 알려주려
반짝이며 갑니다

느티나무가 겨우내 애써 모은
창을 한꺼번에 일제히 내달고서
서 있네 그 창문들
하나도 빼놓지 않고 세어볼 참인,
헛갈리면 처음부터
다시 세어볼 참인
하루
푸른, 한
숨과
잎

겨울 후박나무로부터

몇개의 겨울을 남겨두었나요?
나무에게 물었어요
나무는 겨울을 잘 견디죠
친구가 남긴 많은 겨울 중 첫번째 겨울이 왔어요
후박나무 커다란 마른 이파리가 발에 차였는데
상자 같았어요 텅 빈 종이 상자

다시 어린아이가 되는 법을
나무에게 물었어요 나무는
어린아이가 되어 신나고
정답게 매년 한살씩만을 살죠

봄부터 써온 글자와
문장들, 서류와 계약서들, 종이 상자들을 버려요
인간은 그렇게 할 수 없는 대신
죽어야 하죠 괜찮아요 죽음도

후박나무 이파리가 발아래서
환하고 분명하게 으스러지며 굴러가며 답하죠

죽음도 괜찮아 죽음도 괜찮아
이제 이름마저 버린 나무, 가지들 사이사이로
다친 손가락처럼 별이 빛나요

이야기하러 가는 나무*

내가 이야기하러 가는 나무
내가 나무의 말을 찾는 동안
잎에 빛 얹고 그늘을 모으는 나무
저녁을 부르는 나무
내게 그 이야기를 하는 나무

내가 막힌 말문을 가지고 가는 나무
별자리들을 흔들며 밤을 모으는 나무
웃음은 없는 나무
또 울음도 없는 나무
내게 그 이야기를 해주는 나무

대지 깊은 자리를 아는 나무
언제나 하늘 끝을 향하는 나무
새를 부르듯 나를 부르는
바람을 맞듯 나를 품는
주소는 없는 나무
나무여
나무여

온몸으로 부르면
내 말문을 가져가
모든 잎이 초록 입인 나무
모든 잎이 초록 귀인 나무
서 있는 나무
외로 서 있는 나무
외로 서 있는 나무

* 재미(在美) 작곡가 박나리의 산책길에 있다는 나무.

꽃

꽃은 나의 닻

계절을 걸어 나온 색(色)들이
먼 바다를 불러들여 잠시 만드는 내항(內港)에
상처를 말리듯 피었으니
나는 거기 나를 풀어 닻을 내린다

세상에서 가장 가벼운 닻

하늘의 빛들이
나를 끌어가려 애쓰기 시작하나
닻은 움직이지 않는 것

이슬 맺어 공중에 정지했다
못 보던 나비가 날아와 꽃을 거둘 것이다
나의 닻은 다시 한번 더 깊이 내려갈 것이다

어느 날 나는 악기 상가 앞에 서 있다

낙원동 악기 상가를 지날 때
나의 걸음은 느리고
세상 모든 파출소 앞을 지날 때
나의 걸음은 빠르고
백만송이 꽃집 앞을 지날 때
나의 걸음은 유장(悠長)하다
아무도 모를 것이다
몸은 지나쳤으나
여전히 그 자리에 서 있는 이
그러던 어느 날 나는
악기 상가 앞에 서 있다
어느 날 나는 악기 상가 앞 봄비 속에 서 있다
어느 늦은 밤 불 꺼진 악기점 앞에 서 있다
어느 눈 날리는 오후 악기점 앞에 서 있다
어느 단출한 선율이 나를 데리러 올 것이다
어느 날 나는 악기 상가 앞에 서 있다

분장실에서

오늘은 사람이 되는 것으로 족해
중얼거리며 거울을 보네
분 뚜껑을 열고 조용히
나를 지우기 시작하네

오늘 하루
걷고 먹고
말한 모든 것이
나를 지워가던 일

귀갓길에서 모란의 몰락을 보았네

오늘은 아주 조금 나를 걷어낸 것으로 족해
거울 앞에서
얼룩진 부분부터 지우네
저녁은 지워지지 않네

나는 풍류객

베토벤

노래를 불러
악한들을 부수고
가을의 창을 장만하고
느티나무의 노래를 훔친다

멋이 노래하고
멋이 울고
바람 불고
돌이 웃고

거짓들이 끝도 없이 거짓들을 모을 때
노래들은 부지런히 노래를 부른다

둥그렇게 모여
둥그렇게

꽃밭의 꽃들이 그러하듯이
들판의 풀들이 그러하듯이
바다의 빛들이 그러하듯이

나의 풍경

이제 남풍(南風)에 대해 묻는 이는 없다
모란이 있는 풍경 한폭 나누며 미소 권할 수 없는 나라
서둘러 제 이름 떨구는 사월 꽃들 아래 내 이름자도 풀어 날리며
서 있다
서 있다
그것이 나의 풍경
그림자는
선거 연설문처럼 속되고 길고
자코메티 선생님처럼
또 길다

그림일기

나무를 그렸다
하늘을 밀쳐낸 큰 가지들과
큰 가지를 필사적으로 붙드는 작은 꽃봉오리 가지들을 그릴 때는
숨을 죽이고

바다를 그렸다
수평선을 긋고 수평선을 넘어오는
옛날의 돛단배를 그렸는데 배는
한번도 아주 온 적은 없다

또 집을 그렸다
바다를 그린 다음 날

우리 집,
사람이 없으면 그건 우리 집
틀림없이

새를 그린다

허공에
붙박이는 새는
커다란 입을 다물 줄 모른다

하늘을 그린 적은 없다
낮과 밤, 봄가을
하늘은 한번도 제 본디를 보여주지 않았다

하나 하늘은 그리지 않아도 있었다
언뜻언뜻 한결같이
모두 다르게 도둑같이

나를 그린다
훗날
먼 훗날

바람이 나를 그린다
집과 나무가
마른 풀과 서리, 늙은 개가

뒹구는 돌이 나를 그린다

어떤 방

거미가 내려온다
허공을 짚어서
고대(古代)의 잊힌 글자처럼
거미가 내려온다
천천히 글자는 바뀌어
자막으로 내려온다

거미가 짚는 허공 자리를
(옳거니, 거미는 공(空)이 아니면
짚지 않느니!)
꽃으로 수놓던 이 있어서
그를 읽어 나는
백골(白骨)을 한벌 갖추겠네

대기실

대기하세요
이렇게 말한다
기다리세요
이렇게도 말한다
줄 서세요
차례차례 서세요
이렇게 말한다
대기실
번호표를 받고
서로의 눈을 피하면서
조성된 침묵을 어쩌지 못하면서
선고를 기다린다
병을 기다린다
울음까지도 참으며 기다린다
이 수굿함은 무엇인가
함박눈이라도 온다는 듯이
숨도 크게 안 쉬는
분주한 고요들의 대기실
떠들면 안 됩니다

이렇게 말한다
대기실
나는 일생 모든 대기실에서
명이 급격히 줄었다

나는 제비꽃
나는 매화 동백 라일락
나는 작약 모란 개두릅 머위
나는 속삭임 숨결 큰 숨결
나는 외침 함성 커다란 함성
해와 달이 가는 듯한 청각 바깥의 함성
나는 봄 나는 봄 먼동 싹 새싹
나는 혁명
김수영의 방 말고 혁명
최제우의 개벽 자유 자유 자유 자유

대기실에 와야 하는 목록을
읊조리면서 당뇨 혈압의
진단서를 기다린다

먹구름 떼를 맞이하는 꽃밭처럼
대기실에 앉아서
'대기실……'
파아란 입술을 달싹인다

한파(寒波)

거뭇거뭇한 흰 플라스틱 의자의 움푹한 엉덩이 자리에 얼음이 앉았고
눈송이 몇 날려 와 얼음 위에 버짐처럼 붙어 있다
등받이에는 바랜 선홍색 고무장갑 한짝이 얼어 뻗친 채 걸쳐져 있다
장갑 속의 손과 손가락들
지금은 맨손으로 뭔가를 조물락거릴는지
재가 되어 휘날려 갔을는지

두툼한 토종닭의 허연 다리와 휘어져 굳은 모가지를
수돗물에 뽀드득뽀드득 닦아서 털던
고무장갑들의 활기찬 전성기가
소나무에 샛바람으로 스친다

새파란 야외 수도꼭지 끝
막판에 필사적으로 흘린 액이
가늘게 매달렸다
허연 고드름

고드름은 살아 있다
늙은 설교자의 입가에 끈적이는 게거품처럼
허옇게 살아 있다
아무 데고 빨리 흘러가 사라지지 못한 것
그것이 욕된 풍경으로
참담한 그림으로
살아 있다

살아 있다는 것은 아프다는 것
조금씩 얼얼해지는 것
그렇게 마비되는 것
마비의 저쪽
선홍색 입구를 바라본다

한겨울 골짜기 폐유원지에 온 한파
나에게서 흘러내린 한 점액질이
쇠 구멍 속에 동충하초처럼 박혀 있다

이름을 놓다

사노라고 많은 이름들을 썼지
부(父) 이름은 무겁고
모(母) 이름은 흐리다
그중 가장 많게는 나의 이름

한번도 나답게 써지지 않던 나의 법정 기호
한줄도 나를 담지 못하던 이력서처럼

색연필 한틀을 놔두고
색색의 이름자를 적어본 적이 있지
검은 것, 붉은 것, 푸르게, 짙푸르게, 보라……

돌에 새겨 찍어보았지
문서에는 쓸 수 없는 깊게 파인 감정의 글자체

성냥을 획에 맞춰 잘라 책상 위에 놓아본다
희미하게 그림자도 생긴다
이리저리 획도 간격도 옮겨본다

쓰기보다는, 새기기보다는

짐 풀듯

놓기가 맞춤인 나의 이름

후 불어 흩트리니

통쾌한

일생

제 4 부

조광조(趙光祖)

눈이 오면
눈만 오지 않아
푸르스름한 메아리 같은 것이 눈발 저편 허공에는 맴돌며 떠 있지

조광조는 파랑
파랑 소나무
아직도 파랑
소나무

눈 오는 날엔 더 이쁘고
말이 있고 문장이 얹혀 쌓이지 희고 또
조용하고
선천적으로 정중하지

눈이 오다 그치면
눈만 그친 것은 아니야
붉은 메아리가 하늘을 덮은 적이 있거든

소나무는 우뚝, 지나던
하늘의 말(馬)처럼 서 있지

좀스러운 인간들 이야기는 없지

청량리역에서

조광조

막차는 산맥 넘어 강릉에 닿으리라
여전한 청년 바다는 먼 과거의 희었던 스크럼처럼 달려와
서는
해산하기를 거듭했다
밀려 나가는,
외치던, 그 함성의 문장들은 무엇이었더라?
숨 불어 넣으며 꺼지는 모닥불 살려보듯
유리벽 드높은 대합실
이 구석 저 모퉁이 서성거려보는데
아는 얼굴이다!

깜깜한 어둠 거기
박힌
몇점
젖은 별

너무 멀어라!

투박한 손 몇이 에스컬레이터 검은 손잡이 벨트 위에

실려 내려간다

한 사내가 기차에 오른다

여름의 입구

조광조

여행자가 나무 그늘에 서 있다
배낭 속에는 천둥이 들어 있다
구름 한점 뜨거운 햇볕을 싣고 우두커니 떠 있다
치욕을 참는 자세다
구름의 지난 행위들을 추궁하듯이
볕은 뜨겁다
봄은 버림받았다
그늘을 나서는 천둥 배낭
여행자의 그림자가 문득 여럿인데
그중 붉은 꽃 심장을 가진 그림자 하나가 따른다
붉은 심장이 떠간다

어느 장마

한 혁명가가 있으니 그의 장마는 해바라기를 꺾고 들이닥치는 폭우는 지붕을 부수고

한 혁명가가 있으니 그의 나들이는 물가에서 쉬고

한 혁명이 있으니 장마 큰물에 드러나 발굴되는 피 묻은 무지개, 더러운 무지개들
씻어 거는 일

길가의 뭇 사람들 무거운 등짐 내려놓고 안타깝게 바라보네

한 혁명의 방문

소나기 지나간 후
빨랫줄에 셔츠와 수건들이, 부끄러운 속옷들이 느닷없는 죄처럼 무겁게 늘어졌다
물받이 홈통에서는 여전히
텅 텅 텅 텅 텅 텅 텅 텅

기억할 수 없는 한 생이
상추 아홉단 생일상을 차려 먹고
황급히 사라졌다

꽃밭에서

2022 봄

猶殘數行淚(아직 몇줄기 눈물 남아 있으니)
忍對百花叢(차마 온갖 꽃무더기 마주할 수 있겠나)
—두보 「등우두산정자(登牛頭山亭子)」

사양해도 꽃밭에 꽃은 왔다
성삼문이나 조광조의 집 뜰에도
가리지 않고 그랬을 것이나
그 앞에 서는 이 없었으리라

눈물 맺은 눈으로 꽃 흘겨보니
서둘러 지는 꽃 또 아파라

서울, 2023, 봄

유골함을 받아 안듯
오는, 봄
이 언짢은 온기

산송장들을 만드느라
관청의 서류마다 죄가 난무하고

공원의 쇠 울타리 안에서 정원사들은 날 선 법복 차림으로
꽃나무 뿌리마다 납물을 붓고 있네
화창한 사오월의 봄날에도
납빛 꽃들이 신문지의 비열한 제목처럼 만발해 오리라

용답역 모퉁이에서 검은 무쇠 칼을 움켜쥐고
더덕 껍질을 서걱서걱 긁어 까는 가난한 할머니만이
망명한 봄을 숨겨 간직하였구나

나는 잠시 더덕 내음의 면회객이 되어 저편의 봄을 엿본다
흙 껍질 속의 흰색! 장지(壯紙) 빛, 신비한 향기를 맡으며
백범(白凡)의 그 두루마기 빛깔까지 허망 걸어가보네

유골함의 온기 같은
지금 2023년 봄볕을
기록하여두네

법의 자서전

나는 법이에요
음흉하죠
하나 늘 미소한 미소를 띠죠
여러개예요 미소도
가면이죠
때로는 담벼락에 붙어 어렵게 살 때도 있었지만
귀나 코에 걸려 있을 때 편하죠
나는 모질고 가혹해요
잔머리 좋은 종들이 있거든요
설쳐댈 때가 많지만 만류하진 않아요
그짓 하려고 어린 시절 고생 좀 한 것들이거든요
나는 만인 앞에 평등해요 헤헤
음흉하다는 말의 다른 표현이죠
원칙이 있지만 아주 가끔만 필요하죠
이득과 기득을 좋아해요 지킬 만한 가치죠
그에 위배되면 원칙을 꼭 알리죠
나는 물처럼 맑고 평등하다고 말하죠
유죄도 무죄도 다 나의 밥이죠
너무 바빠요 너무 불러대니 쉴 틈이 없죠

나는 법이에요
양심 같은 건 우습죠 이득 앞에서
그깟것 금방들 버려요 시류에 어긋난 소리죠
아 이만하기도 참 다행이죠
한때는 참 어려운 시절도 있었죠
너무 많은 살생을 해야 했으니
황혼이 오네요
저게 제일 싫어요
속속들이 황혼이 오네요
저 지축 속에 숨은 당당한 발소리
나는 귀를 막아요
잘 못 듣는 귀지만 다시 막지요

체중계에 대하여

언제부터인지 체중계에 올라가지 않는다
구석에서 체중계는 무심하다
나에게 요구하는 몸의 무게는
어디에서 연유한 것인지
어느 관청의 영장인지
아니꼽다가도 끝내 오묘한 사색의 지경에까지 이르게 되면서
점점 기피하게 된 물건

소파 밑 틈에 발끝으로 밀어 넣었다가는
다시 발끝으로 빼내어 다소 복잡한 심경으로 올라가보던 체중계를
오늘은 정수리의 머리카락을 힘주어 털어내며
발끝으로 꺼내어본다
누구도 소중히 여길 자가 없을 것을 깨닫고 웃는다
소중한 체중계여! 오랜 도량형이여! 온갖 웃음을 내장한,
법부의 허울 좋은 법보다는 백배 순정한 물건이여!

서슬 퍼런 침묵의 법대 위로 조심스레 올라가

죄의 무게를 묻는다

마술 극장 서(序)

극장은 쑥의 나이와 비슷하다
쑥은 극장으로 가는 길 귀퉁이를 떠나지 않는다
잠시 극장은 사철 질서의 드라마로 흥행하였으나
말굽과 군화 자국 몇차례 지나가고 피바람의 막장극이 한창이더니
그 주연들은 크게 영달하였다
지금은 마술 전용 극장이 되었다
여전히 전속 배우들은 분장이 두껍다 이 업종은 유별나게도 퇴직 후의 수입이
엄청나다 예나 지금이나 입단이 만만치 않다
검은 상복 비슷한 옷을 입고 근엄한 표정이나
알고 보면 우습기 그지없는 천혜의 연기다
대본소에서 밀어주거나 억지스럽게 지어낸 대사를 읊는다
(마술 극장이 되기 전에는 여러 대본소의 작품을 납품받았었다)
극장의 상징은 양팔저울을 들고 눈을 가린 여신인데
한쪽 접시에는 치밀한 자신의 영화를 계산해 올려놓는다
그리고 눈을 가린 척 오늘도 무대에 오른다
마술 공연이 있는 날에는 극장에 입장하지 않고

쥐처럼 틈으로 엿보는 자들이 많다
눈치를 살피는 일에 종사하는 이들이 많은 것이다

저울 한쪽에 오늘은
봄바람이 꽃의 눈을 뜨고
앉아 있다

마술 극장 1

대본소

마술 전용 극장이 되고부터
대본은 그전보다 훨씬 중요해졌다
마술 공연이지만 몇몇 우둔한 관객은 눈물을 흘리며 마술이 아니라고 주장하기까지 한다
마술사들은 굳이 정정하고 싶지 않다
경마장의 말처럼 곁눈을 가리고 십수년 연습, 단련하다보니 굳이 마술과 현실이 구별되지 않는다
한편 거기에는 흥행 종사자들의 몫이 크다
대외 홍보 몰이를 하는 자들인데 이자들의 업주는
대본가들의 오랜 고용주이기도 하다
서류가 없으니 훨씬 더 끈끈한 관계다
그 홍보 문구에 속은 관객 일부가 대개 마술에 감동한다

대본가는 실제의 공연 주인공이다
무대 측면에 오르니 조연 같지만
역할은 주연이다
대본가 없이 공연은 올려지지 않으니
공연의 애초 기획자이기도 하다

대본소 뜰에 꽃이 핀다
들여다보는 이는 없다
꽃이 알고 있는 비밀이 대본가는 싫다

마술 극장 2

압구정 옛 주인같이

지난 공연 대본 중 하나가 유출되었다
공동창작이었는데 단역 겸 참여 작가 중 일부가
이탈했다 그럼에도 공연은 그대로 진행되어
흥행했다 비극의 주인공은 재상을 지낸 거물이었다
늘 그렇듯 공생하던 흥행 광고업자들의 힘이 컸다
이 극장 공연의 가장 큰 특징은
주인공이 각본 없이 어느 날 무대 위로 끌려 나온다는 점이다
누가 끌려 나올지 모른다는 점에서 건달 구경꾼들에게는 스릴 만점이지만
당사자는 청천벽력이다 구린 자,
재력가, 유력자 들은 평생 노심초사 조공을 바친다
드라마의 백미는 대반전이지만 이 극에서 그런 일은 없다
대본가와 공연자들이 모두 같은 먹이사슬 안에 있기 때문이다
역사에서 반전을 이루겠지만 먼 훗날의 역사 따위는
이 극장에서는 인기 대본가들의 야식용 냄비 받침일 뿐이다
지난 공연에 불려 나간 거물 주인공은 혹독한 지옥을 살

고 있고

관객들은 다음 공연을 기다린다 아직
대본가가 주인공으로 끌려 올라간 적은 없다
흥행가들은 그들이 주인공으로 올라가기를 원치 않는다
그대로 극장 영업이 끝나기 때문이다
그러나 수많은 숨은 관객들은 언젠가
대본가가 주인공이 되리라고 믿고 있다
침을 뱉을 것이다 그러나 대본가는 언제나 힘이 세다
저, 압구정 옛 주인을 닮았다

마술 극장 3
장미 정원

장미 정원에 공연이 한창이다
대본 따위는 없다
장미가 관통해온 길을
저 마술 극장의 대본가들은 알 수가 없다
그들의 왕인 이해득실 전하가 쫓겨난 것은 오래전 일이다
마술 따위는 통하지 않는다
빛깔과 향기가 지나면
적막의 비바람, 눈보라가 주인공이다
그의 발성은 힘차고 음률은 비감하다
모두 수긍의 눈물을 흘리며
공연을 관람한다
꽃에 눈물을 뿌리면
찬란한 이야기가 꽃잎과 함께 떨어진다
정원은 공연 중에도 늘 고요하다

저울

골동상에서 옛 저울을 하나 샀다
언제 적부터 있던 상점인지(상나라 이전부터라는 설이 있다) 언제 적에 만들어진 물건인지 알기 어렵고 다만 이 혹한의 겨울보다는 더 크고 깊은 겨울을 건너온 것을 안다

여전히 갈고리를 매달고서
저울이 울고 있다
저울에 모이는 울음들이 있고
저울은 냉철히 울고 있다
생애 많은 것을 속이느라 골똘했으므로
기운 채 울고 있다

나는 과연 시끄러운 울음 기구를 샀구나!
불 속에 집어넣을 날을 벼른다

어떤 봄

집을 뒤진다
서랍을 열어 옷가지들을 들쑤시고
장롱을 뒤집는다
책장에 불빛들을 들이댄다
신발장을 턴다
잊힌 기억마저 털어낸다
놀던 컴퓨터를 뒤집는다
속옷은 나뒹굴고 밥그릇도 붉다
아이들 일기장의 비밀들도 훑는다
칸칸의 씨앗들도 쏟아져 나온다
죄가 된 모든 비밀들
못 보던 구슬 하나가 떨어져 떼구루루 굴러간다 간다
그리하여
하여
간지러워 죽겠는 집은
부풀고
피어오른다
집은 웃고 웃고 웃고 웃어
모란꽃 모양으로 피어난다

하늘로 하늘로 피어 올라간다
저물고 저물어
하늘의 별자리들이 묻는 봄이다
모처럼 맞는 봄이노니
봄이노니
봄밤 하늘이 만장일치 웃는다
뒤지니
못 보던 새파란 봄밤
바람에도
아파라

대서소 1

그가 대서방을 하게 된 것은 조선 말엽에 태어나 한국전쟁 중에 세상 떠난 할아버지의 피 때문이다. 소학이나 명심보감쯤 읽었을 실력으로 노인은 동네 아이들 이름을 짓기 시작했고 사소한 시빗거리 정도의 동리 판관도 되었다. 그 피는 전쟁 통에 인생이 쑥밭이 된 부친의 폐허를 지나 그에게 다시 솟았다. 글을 깨치고 책을 읽었다. 책을 읽었으나 믿지는 않았다. 그게 큰 병폐였다. 면사무소 촉탁을 좀 하다가는 치워버리고 집을 나갔다.

떠돌다가 이 소도시의 읍사무소 근처에 호구지책을 차렸으니 바로 이 대서소였다. 신고 번호 44호의 이곳에서는 토지, 임야, 가옥 등의 거래를 돕거나 고소장을 대필했다. 취미였던 도장 파기도 한 업종이 되어 백열등을 정수리 위에 설치한 작은 책상을 짜 넣었다. 모퉁이 자리에서는 불을 켜고 도장을 팠다.

대서소 앞에 떡하니 느티나무가 있었으니 반경 서른평쯤의 그늘을 드리웠다. 지정 보호수여서 하위급 국가유공자 같은 대접을 받았다. 실은 그가 욕심낸 것은 이 나무 그늘이었다. 한눈에도 깊은 그늘의 제 자리였다. 그는 여생을 이곳에 붙박여 대서쟁이로나 살아도 좋겠다고 여겼다. 평상을 그늘에 놓았다. 차차 앉는 사람이 늘었다. 마침내 한 손님이 미닫이를 열고 들어왔다.

대서소 2

느티나무 그늘이 유리문을 넘어서 들어왔네
동네의 유래를 일러주는데
참으로 비감하였네
다음 날 아침 나가보니 느티의 잎이
무릎까지 쌓였네
밟는 소리가
홀로의 걸음 같지가 않네

잎 하나하나가 한 사람 한 사람의 얼굴
잎 하나하나가 매끄러운 하나하나의 문장

첫 버스가 섰다가 출발하는데
이파리들이 일제히 일어나 쫓다가 멈추네

가을 이외에 무엇이 탔던 것인가?
고갯길 이외에 누가 내렸던 것인가?

발명가

그 춥고 큰 방에서 서기(書記)는 혼자 울고 있었다!*

그의 불빛은 창을 비추기 위한 것은 아니다
우연히 창밖에서도 그 빛이 보였을 뿐이다
그의 불빛은 나타나는 침묵들을 차례로 비추고 있다
또렷이 비추고 있다
그는 가지런하고 정결하고 고동친다
그는 분명한 혁명을 발명하려고
밤을 닦고 있다

조곡과 꽃가루 대신 낙엽이 뒹구는 길을 그의 관이 지나가리라

* 기형도 「기억할 만한 지나침」.

숙제

음흉하고
얍삽하고
간사하고
사악하고
머리 좋고
책권이나 읽어 뱀의 혀를 가졌고
증(證)이 많은 것들
주의(主義)를 이용하고
인간성마저도
진리마저도 뒤집어 이용하고
제 돈이라고
제 권리라고
으스대며 치장하고
거들먹거리며
아무 거리낌 없이 하는 자들

착하고
참되고
어질고

용서하는,
신과 진리를 혀에 올리지 않고도
신과 진리인 이들
양보와 나눔의
풍속이 따뜻이 흐르는 이들
냇물과
풀잎 같은 이들
검소하고
소박하고
가난한 이들

놀리고
멸시하고
구박하고
때리고
찌르고
죽이고
천대하며
즐기던 것들

사이에

칸나가
장미가
노래가
미소가
웃음이
빛이
향기가
피어나기를
바랄 것이다
우리가 아는 모든
숭고한 죽음들은

그러나
그럴까?

나는 이 의문과 숙제를

평생 풀지 못할까
두렵다

꽃송이 하나 떨어져서

2018년 지리산 화엄사 '화엄 음악회' 「진혼」에 부쳐

가만,

어느 옛 노래가 들려오네

가만,

귀에 익은 숨소리가 목화솜처럼

빈 뼈마디에 닿아오네

옛 냄새, 옛 비린 사랑,

어깨에 빛나던 머리카락이, 노을이

어둠이

꽃잎 따며 나누던 언약들이

두런두런 몰려오네

이루지 못한, 잊을 수 없던 것들이

땅거미처럼 몰려오네

내 생이 지나가네 저기

갈대 그림자같이 흐느끼며

지나가네

나는 썩은 눈으로, 텅 빈 눈으로, 텅 비었으므로

일월성신의 눈으로 더듬어 더듬어

내 놓아버렸던, 허물어졌던 걸음걸이를 따라서

가보네
가보네
부르는 이 있어 마침내 가보네

나는 꽃이었지
나는 반지였어 둥그런 빛이었어
나는 흰 저고리였고
분홍 옷고름이었지
나는 악수였고 노래였지
따스한 밥, 다독임, 청춘, 눈물
나는 그런 것들의 꽃밭이었지
그러나 그러나 어느 날 나는
터져버린 풍선,
흩어져버린 달리아,
부르던 노래가 그대로 말라붙어버린 입술
초저녁 개밥바라기나 물끄러미 머물던
나는 외진 산기슭

가만, 내가 부르던 옛 노래가 여기 있네

아직 젖어서 있네
서글퍼라

나는 천년 소나무 곁에 앉아
바위와 함께 앉아 하염없이
기다렸거니
꽃을 한송이 다오
노래나 한 소절 다오
서러운 흐느낌 한차례 다오
눈길을 깊이 한번만 다오
설움에 손길 한번만 다오
그래
그래
그래
그래
그래

그리하여
우리 마침내 닿는 데는

종소리 우거진
거룩한 하늘가
우리들이 뒤에 남긴 모든 흩어진 발자국들은
하늘로 가서 별이 되고 바람이 되고
계절이 되고 사랑이 되어야지

내가 듣는 너의 맥박 소리
서로의 어깨를 넘어가 그대로 한아름 꽃밭이 되고
마주 보는, 숨죽인 응시 끝으로
조용한 화평이
이슬처럼 내리리라

모든 나와
모든 당신이
마주한 것은 이제 꽃
이제 아주 시들어도 좋은 꽃

시간을 가르고
바람을 가르고 또

바위와 바다를 가르고 흩어져서
꽃 피는 계절의 꽃차례에 줄 서서 바라보리
평화로운 꽃밭

어둠 속 꽃밭 사이로도 여전히
냇물 소리가 오듯이
모두 이 꽃밭으로 오세요
어둠을 밀치고
가난을 털고
슬픔을 내려놓고
눈물 매듭들을 풀고 그리고
증오를 버리고
이제 가만히 꽃을 들어요
서로의 눈동자 속으로, 그윽한 그 터널 속으로
물방울이 물방울을 껴안듯이
전속력의 사랑으로 이해로, 감정으로 달려 들어가요
그대로 찬란한 밤하늘이 되어요

그러고는 애틋한 이의 목덜미를 스치는 미풍이 되어요

그 바람이
나예요 이 바람이 나예요
이 종소리가 나예요

(종소리)

벼락같은 서정시

최원식

1. 변장한 서정시

언젠간 장석남 시집 뒤에 몇줄 끄적일 각오를 하긴 했지만 그날이 이렇게 닥치리라곤 미처 생각지 못했다. 수려했던 청년 시인이 어느새 갑년, 더구나 등단 40년을 앞두고 출간하는 아홉번째 시집이매, 요즘 내 형편의 구차함에도 새삼 마음이 도살라지던 것이다. 장석남 시인과는 인연이 각별하다. 처음 만나기는 『황해문화』 창간을 준비하던 무렵이니 벌써 30년이 넘었다! 누군가의 추천으로 신포동 어느 찻집에서 만났는데, 어느새 술집들을 돌며 장취했다. 그렇게 장석남 시인은 『황해문화』 편집장으로 합류했다. 같이 일해보면 도타워지기도 하지만 외려 틀어지기도 쉬운 법인데, 장 시인 덕에 잡지가 안정돼 내가 1996년 『창작과비평』 주간으로 『황해문화』를 떠날 때에도 적이 안심이었다. 잡지 인연은 공부 인연으로 이어졌다. 시인의 진학으로 인하대 대학원 국문과는 '제제다사(濟濟多士)의 양산박'이란 별명이 더욱 굳었거니와, 나는 '학생' 장석남에 괄목했다. 그는 학구인 데다 눈이 금강이다. 『진달래꽃』의 구성을 천착한 석사논문은 '뛰어난 시인은 타고난 비평가'라는 금언을 증거하고도 남음이 있던 것이다.

그러나 인연은 작다. 장석남 시에 대한 일반적 오해를 풀고 싶은 게 기필(起筆)의 더 큰 동기다. 흔히 그를 '90년대를 대표하는 서정 시인'이라고들 이른다. 물론 나도 그가 뛰어난 서정 시인이라는 데에는 동의한다. 그런데 '90년대'가 함의하는바, 80년대의 현실로부터 이륙한 "천국의 새" 같은 시라는 통론에는 수긍하기 어렵다. 이는 우선 장석남이 1987년에 등단했다는 점을 간과한 것이다. 첫 시집 『새떼들에게로의 망명』은 1991년 문지에서 출판되기는 했어도 격동의 80년대를 겪은 흔적으로 임리하다. 당장 제목에 든 '망명'의 정치성을 상기컨대 이는 '초월'이 아니다. 물론 그의 시는 80년대 리얼리즘 시의 복제가 아니다. 그렇다고 반리얼리즘 시도 아니다. "리얼리스트가 아닌 시인은 죽은 시인이다. 그러나 리얼리스트에 불과한 시인 또한 죽은 시인이다"라는 네루다의 일갈을 빌릴 것도 없이, 장석남은 리얼리즘과 비리얼리즘 사이에 시적으로 걸터앉았다. 80년대 시를 감아 안으면서 풀어주는 시적 변형 자체가 바로 새로운 시의 장소로 되는 『새떼들에게로의 망명』은 간단치 않다.

오해의 원점에 첫 시집에 부친 홍정선의 해설 「'뒤로 걷는' 언어의 꿈」이 있다. "행복했던 유년기에 대한 추억"과 "유토피아에 대한 꿈"으로 장석남 시를 단매에 파악한 데 나는 갸웃했다. 그런데 그 오해가 장석남 시의 독법을 지금껏 지배해온 게 고황이다. 우선 이 시집에 출몰하는 '정치'를 얼핏 추리건대, "해안 초소 위로 별이 떴다/거기에 가면 별이 뜨기 전에/돌아와야 한다"(「소래라는 곳」), "너와 너 사이 이어진 國境이 정수리를 넘어가고"(「내가 듣는 내 숨소리」), "亡國을 가면"(「歌 3」), "太平聖代를 잘못 운 갈매기 울음도 다 붉은 구름/이 공터에/아관파천한 풀아"(「붉은 구름」), "눈 뜨면/우리나라의 모든 국경이/모래바람으로 날아드는/철책 위 봄날/넘어가는/피투성이 낙타떼"(「종일 손가락을 깨물다」), "우 우— 화염병처럼/무밭에 피웠다/앞뒷길 모두 풀과 나무의 바리케이드로 막힌"(「무꽃」), "매 맞는 五月의/뜰 꽃잎에 속이 울리고/담벽을 닫은 유인물에서/충혈된 절벽들이 뛰어내린다"(「라일락 밑」), "판자가, 미문화원이/교보가, 구리 이순신이 쑤신다"(「햇빛이 날 사랑하사」), "아 종일 녹두밭에 파랑새 날아드는"(「마음이 중얼중얼 떠올라」), "어디론가 行不인 나는/도대체 만기가 없다"(「세월의 집」), "골육상잔에 엉기어"(「風笛 6」), "잎 가진 삶이 다 유배당한/겨울 洞口"(「겨울 洞口」), "나는 둘러친 國境을 넘어/(…)/멀리 바람으로 귀순하는,//귀순하는 저녁"(「귀순하는 저녁」), "밤바람 소리가 적막을 정찰한다"(「해변의 묘지」) 등등, '망명'에서 '정찰'에 이르기까지 분단과 망국과 아관파천과 화염병과 바리케이드와 5월 광주와 미문화원과 김지하와 녹두장군과 6·25가 끊임없이 소환되는 이 시집은 정치 시집에 가깝다.

이번에 다시 읽으면서 첫 시집 전체가 활발한 움직임을 보이고 있다는 점에 새삼 주목했다. "빗물이 시커먼 눈을 뜨고 또랑으로 들어간다"(「가책받은 얼굴로」). 한줄기 소나기가 통쾌하게 지나간 순간을 포착한 이 생동하는 리얼리티는 시인의 마음이 부동(不動)의 침묵으로 우울한 지옥이 아니라 지성과 사랑으로 움직이는 천국 근처에 있음을 짐작게 한다. 무엇이 시인을 견인하는가? 격변의 80년대가 촉매지만, 그의 고향 덕적도가 근원이다. 덕적도는 매우 독특한 섬이다. '덕적에 가서 아는 척 말고, 대부에 가서 있는 척 말라.' 이는 인천에 떠돌던 격언이다. 한때 소설가 현덕이 부접하기도 한 대부도는 들이 넓어 부자가 많고, 유학생이 흔한 덕적도는 유식한 섬이었다. 더욱이 분단 이후 덕적도는 남과 북의 국경 아닌 국경이 되어 어부들의 고초가 자심한 곳이었으니 장석남 시에 '국경'이 그처럼 자주 출몰하는 게다. 월북과 납북이 착종하는 접경에서 성장한 시인에게 유년은 황금빛이 아니다. "어느 미래에 나는 배고프지 않은 기억 밑으로/수저를 던질 것인가"(「밥을 먹으며」).

장석남은 왜 오해되었는가? 단적으로 「風笛 10」을 보자.

그대에게 올라가는 사다리가
너무 길었구나

허공에 房을 들이고 앉았다가
진눈깨비처럼 쏟아진다

—「風笛 10」 전문

1연만 보면 허공에 집을 짓고 그곳으로 이사 간 상징주의자의 포즈가 약여하다. 그러나 2연에서는 그자가 와락 지상으로 "진눈깨비처럼 쏟아진다". 그런데 추락이 따듯하다. "나도 누구에겐가로 눈발처럼 한꺼번에/자우룩이 내려가고 싶네"(「불 꺼진 집」)나 "산길이 산을 내려와/밥풀 같은 마을의 불빛에 젖는다"(「산길이 산을 내려와」)가 환기하듯, 밥이 하늘인 백성의 마음으로 마을로 들어가던 것이매, 시인은 적선(謫仙) 또는 알바트로스가 아니다. 물론 이 시집에 멸망으로 찬란한 서해 낙조의 감각이 우련한 시편들도 적지 않지만, 그조차도 정치적이다. 분단 이후 건너갈 대륙과 연락할 북방을 상실한 서해안이 겪은 몰락을 상기컨대, 죽음과 부활이 지옥과 천국의 혼례처럼 손잡은 장석남 시의 어떤 비의(秘儀)가 숨탄다.

2. 낙이불음(樂而不淫)

첫 시집 출간 이후 시인은 여덟번째 시집 『꽃 밟을 일을 근심하다』(창비 2017)에 이르기까지 26년간 여덟권의 시집을 상재했고, 8년 만에 아홉번째 시집 『내가 사랑한 거짓말』을 출판한다. 과작도 아니고 다작도 아닌, 딱 시에 맡긴 걸음인데, 이번 시집을 일별컨대 시인은 이제 하늘로 돌아갈 날개를 거의 잃었다. 그 조짐은 두번째 시집 『지금은 간신히 아무도 그립지 않을 무렵』(문학과지성사 1995)에 분명한바, 그새 시인은 인천으로 낙향했다. 제물포 땅귀신들의 보우로 첫 시집에 잠재한 어떤 초월에의 꿈을 강잉히 다독이는 지난한 작업이 겨우 수행되었음을 제목이 은은히 암시하거니와, 그 덕에 감상이 사라졌다. '애(哀)하되 상(傷)하지 말라(哀而不傷).' 나아가 양명(亮明)으로 진화했다. '낙(樂)하되 음(淫)하지 말라(樂而不淫).'

오랜 정진을 통해 도달한 시경(詩境)을 활달하게 전개하는 원숙함을 읽는 일은 독자의 복이다. 잠깐 시집을 일별하자. 1부는 도연명(陶淵明)풍의 전원시다. 양평 용문사 밑에 오두막을 짓고 사는 시인의 경험에서 우러난 자연시들이 아름다우매, "창 앞/대숲 아침 해/굶주린 호랑이처럼 쏟아져 들어와"(「대숲 아침 해」) 같은 구절은 첫 시집의 "빗물이 시커먼 눈을 뜨고 또랑으로 들어간다"만큼이나 신운(神韻)이 생동한다. 그런데 온달 장군 이야기에서 취재한 「좁은 봄」이 1부의 눈동자다.

> 궁 나오는 공주의
> 팔꿈치에 맨 열개의 금가락지 속에
> 하늘빛 웃음의 말(馬)들이 뛰노니
>
> 길이 좁고
> 봄도 좁아라
>
> —「좁은 봄」 전문

이 시는 담시가 아니다. 시인은 이 이야기의 본질에 직핍해 단 5행의 영롱한 단시를 길어 올렸다. 1연의 기둥은 "궁 나오는 공주"다. 무사의 나라 고구려는 남성의 나라다. 무사의 꼭지에 군림하는 부왕을 거역하고 궁을 탈출하는 공주는 벌써 혁명적인데, 그녀가 추한 거지, 바보 온달에게 자신을 기투(企投)하는 행위는 혁명을 넘어 개벽이다. 남과 여, 추(醜)와 미(美), 빈(貧)과 부(富), 무식과 지혜, 민중과 권력 등등, 요컨대 하늘과 땅의 위계가 전복된 이 이야기에서 평강공주는 음개벽(陰開闢)을 이끄는 대지모신(大地母神)이매, 난관과 성적 결합을 동시에 암시하는 2연은 차별과 분열과 대립이 치유된 대동(大同)의 상징이겠다. 왜 이 이야기가 고구려 평원왕 때 구성되었을까? 그는 치세의 임금이었지만 이미 위기가 뾰조록했다. 대륙에 통일 제국 수(隋)가 출현한 바, 결국 손자 보장왕 때 망국에 이르렀으니 목숨을 건 공주의 투신도 무가내였다. 그럼에도, 아니 그 때문에 오늘날 더욱 빛나는 공주의 혁명을 다시 파악한 시인의 눈이 보배다.

2부는 가계시가 축이다. 아버지를 노래한 「목도장」과 「아버지 옷」, 할머니가 등장하는 「콩」, 그리고 "이미 다 털린 줄도 모르고" 기다리고 기다리는 "우리 가계(家系)"를 연민하는 「열쇠」 등이 그 예인데, 백석(白石)풍의 산문시 「콩」도 좋지만, 역시 아들의 영원한 골칫거리 아버지를 사유한 「목도장」이 종요롭다. 옛집 낡은 책상에서 아버지의 닳아빠진 목도장과 해후한 시인은 묻는다. "이 도장으로 무엇을 하셨나/눈앞으로 뜨거운 것이 지나간다/이 흐린 나라를 하나 물려주는 일에 이름이 다 닳았으니/국경이 헐거워 자꾸만 넓어지는 이 나라를/나는 저녁 어스름이라고나 불러야 할까보다". "흐린 나라"를 물려주기 위해 노고한 아버지의 삶 앞에서 시인은 문득 울컥하던 것인데, 그것은 아마도 이 나라를 밑에서 받쳐온 무명의 삶에 대한 경의에 가까울 것이다. 그럼에도 어조는 흔연치 않다. 이 착잡함은 「아버지 옷」에서 해소된다. 중학생 때 다락방에서 아버지의 옷을 몰래 입어본 기억을 소환한 이 시는 가히 성장시의 명편이다. "왼쪽 안주머니 앞에 수놓인 노란 아버지 한자(漢字) 이름이/심장에 닿아 따끔거렸는데 그것은 희미한 불씨 같은 것이었는지도 모르지/옛적, 집 안에 숨겨 보존했다는 전설의 그 불씨 말이야". 가계의 상속자라는 무의식을 실현하는 이 '옷 입기'는 아들에게도 상상적으로 계승되는데, 아들이 '나'의 옷을 입고 거리로 나가는 날 '나'는 다락방으로 간다. "꽃이 꽃을 벗고/열매가 열매를 입듯이/아버지 옷/아버지 옷". 이제 아버지 옷은 맞춤이다. 한치의 어긋남도 없이 시인은 이제 그 가계, 그 나라의 일원이 된다. 마침내 흐린 가계, 흐린 나라로부터 해방되었다. 망명은 끝났다.

「자화상」으로 시작되는 3부에도 「사성암에서」 「새 그리기」 등 사유가 빛나는 비범한 서정시들이 접종하는데, 「묘지명(墓誌銘)」이 묘하다. 창밖에 껑충 핀 장미 한 가지를 꺾어다 빈 호리병에 꽂곤 '나'는 골똘히 장미를 독해한다. "공의 성은 장씨이고 휘는 미이며/허공이 고향이다 글 읽기를 좋아하고 전고(典故)에 대한 지식이 많으며/질문이 있으면 척척 응답하여 의문이 없었다/세상 소인들이 횡행하니 스스로 가시를 내어/멀리하였다". 고려의 가전체를 패러디한 이 능청스러운 묘지명은 이어지는 연들 속에 재구조화하매, "눈 펄펄 날리는 날" "묘지명을 받으러/어느 얼어붙은 빙벽을 방문할 것"이라는 대목에서 그 현실적 부재가 아처로운데, 지금 창밖에는 마치 소인들처럼 "서너뼘 유리창에 머리를 들이받으면서/벌 몇마리가 잉잉"대던 것이다. 전원시의 아이콘 벌들이 고결한 장미를 괴롭히는 소인들로 전복된 이 시는 우리 풍자시의 쇄신이거니와, 더욱이 자신의 시법을 뚜렷하게 의식하고 있음에랴. 예컨대 브레히트의 유명한 「서정시를 쓰기 힘든 시대」를 제사(題辭)로 올린 「서정시를 쓰십니까?」는 그 화답시 격인데, 시작이 통쾌하다. “서정시를 쓰십니까?/아니요 벼락을 씁니다/(…)/벼락 맞을 짓을 하는 인간들에 대해서/벼락에 고하는 글을 씁니다”. 그대로 정치로 직진하나 싶더니 마무리가 흥미롭다. “서정시를 쓰십니까?/아니요 ‘서정시’를 씁니다/벼락같은”. 그는 여전히 ‘서정시’를 쓰겠다고 다짐하는 것인데, 서정시가 작은따옴표 안에 있는 점에 유의컨대, 이 또한 그냥 서정시는 아니다. 정치도 높고 시도 높은 서정시, 다시 말하면 정치시이되 정치시에 그치지 않는 “벼락같은” 서정시, 그 경지를 넘보겠다는 시인의 작심이 아름답다.

3. 미완의 종자

“거짓들이 끝도 없이 거짓들을 모을 때/노래들은 부지런히 노래를 부른다”고 선언한 「나는 풍류객」이나 “나는 혁명/김수영의 방 말고 혁명/최제우의 개벽 자유 자유 자유 자유”를 외친 「대기실」 등등, 3부의 시편들에서 이미 예견되었지만 과연 4부는 ‘정치시’의 분출이다. 그는 일찍이 풍자시 「德積疏」를 선보인 바 있다. 세번째 시집 『젖은 눈』(솔출판사 1998)에 수록된 이 시는 ‘인천핵대협(인천 앞바다 핵폐기장 대책 범시민협의회)’ 운동이 한창이던 1995년 가을에 발표된 것이다. 굴업도에 핵폐기장을 설치한다는 문민정부의 난데없는 선포에 인천이 들끓던 그해, 존경하는 평단의 선배가 "최 교수, 어딘가엔 있어야잖아……" 하고 말꼬리를 흐릴 때 나 또한 말문이 막혔었다. 일면식도 없던 이건청 시인이 운동을 지지하는 시를 발표한 데 감읍한 만큼, 「德積疏」에 나는 남몰래 환호했다. '정치' 근처에도 가지 않던 시인의 말 없는 실천도 기뻤지만, 이 산문시 자체가 우리 풍자시의 종장(宗匠) 김지하와는 다른 결의 풍자시라는 점이 더욱이었다. 남도 판소리를 활용한 김지하와 달리 그는 기발하게도 남명(南冥) 조식(曺植)의 유명한 「단성소(丹城疏)」를 패러디했다. "仁州에 사는 백성 文玉"이 "덕적 앞 물마당의 굴업도"에 핵폐기장을 만든다는 데 놀라 "내 안에는 나라가 있다는 것을 아는 사람의 감자싹만 한 도리로서 걱정하여 상소"한다는 종자도 참신하고, 짧지 않은 산문시를 엮어나가는 솜씨 또한 녹록지 않다. 다행히 그해 12월 정부의 백지화 선언으로 운동은 여러 교훈을 남기고 종료되었거니와, 그 덕에 장석남이 정치시를 실험한 것이야말로 역사의 간지다.

시집을 마감하는 4부에 정치가 폭발한다. 조숙한 혁명가 조광조를 사유한 세편의 연작으로 열어, 신동엽풍의 진혼곡 「꽃송이 하나 떨어져서」로 끝나는 4부 전체가 우리 국토장엄이다. 두보(杜甫)의 「우두산 정자에 올라(登牛頭山亭子)」를 빌려 성삼문을 비롯한 옛 선비들의 서릿발을 기린 「꽃밭에서」도 좋지만, 마치 비상계엄을 예견한 듯한 시편들이 놀

랍다. 가전체를 새로이 가공한 「법의 자서전」은 최고의 풍자시다. 정치의 사법화가 골수에 든 오늘의 폐허를 재주껏 야유하는데, 마무리가 묘하다. 황혼이면 들려오는 "저 지축 속에 숨은 당당한 발소리"는 무엇인가? "유골함을 받아 안 듯/오는, 봄/이 언짢은 온기"로 시작하는 「서울, 2023, 봄」은 12·3을 예감한 시참(詩讖)이다. 오싹하기 마련인 시참들과 달리 이 시의 중앙에는 일하는 할머니가 영검한 선도산 성모(聖母)처럼 진좌했다. "용답역 모퉁이에서 검은 무쇠 칼을 움켜쥐고/더덕 껍질을 서걱서걱 긁어 까는 가난한 할머니 만이/망명한 봄을 숨겨 간직하였구나". 싱싱한 리얼리티로 생동하는 그녀는 오늘의 퇴폐를 퇴치할 '여성적인 것'의 도래를 화육으로 증언한 최후의 기둥일 터.

4부 끝부분에 자리 잡은 「발명가」에서 시인은 일대 공안을 제출한다. 기형도의 「기억할 만한 지나침」에서 인용한 "그 춥고 큰 방에서 서기(書記)는 혼자 울고 있었다!"를 제사로 삼은바, 거리가 캄캄할 정도로 눈이 퍼붓던 날 우연히 맞닥뜨린 어느 관공서 건물, 희미한 불빛 아래 울고 있는 서기의 모습을 부조한 「기억할 만한 지나침」은 찌르는 듯한 삶의 무의미성에 전율하는 하급 관리의 초상을 포착하는 데 명수인 고골의 소설에 나올 법한 장면이거니와, 연평도 출신 기형도의 시를 덕적도 출신 장석남이 비튼다.

그는 분명한 혁명을 발명하려고

밤을 닦고 있다

조곡과 꽃가루 대신 낙엽이 뒹구는 길을 그의 관이 지나가리라

—「발명가」 부분

장석남은 기형도의 우울한 해석을 변경한다. '서기가 혁명을 발명하려고 밤을 닦는 발명가'라니, 시가 뒤집어진다. 마지막 연이 암시하듯 그의 발명은 실패한다. 그러나 발명은 계속될 것이다. 서기들의 지루한 영구혁명을 옹호하는 시인의 눈매가 선하거늘, 미완의 종자들이 열어젖힐 세계가 벌써 궁금하다.

崔元植 | 문학평론가

| 시인의 말 |

겨울 뜰에서의 발길은 솔 앞에 가서 머뭅니다.
봄 여름에는 가지지 않던 위치

이제 제법 '회고'가 많아지는 단계의 삶
'솔'의 그것이 내게 있는가?
자문해보는 엄동의 때입니다.

검지의 굳은살이 지워지지 않은 것은 다행일까요?
이 허업에 큰 의미를 보태주신 최원식 선생님께 감사합니다.
궂은일 맡아준 이주원 씨도 고맙습니다.

2025년 1월
장석남

창비시선 512

내가 사랑한 거짓말

초판 1쇄 발행/2025년 1월 31일

지은이/장석남
펴낸이/염종선
책임편집/이주원 박문수
조판/박지현
펴낸곳/(주)창비
등록/1986년 8월 5일 제85호
주소/10881 경기도 파주시 회동길 184
전화/031-955-3333
팩시밀리/영업 031-955-3399 편집 031-955-3400
홈페이지/www.changbi.com
전자우편/lit@changbi.com

ⓒ 장석남 2025
ISBN 978-89-364-2512-8 03810

* 이 책 내용의 전부 또는 일부를 재사용하려면
반드시 저작권자와 창비 양측의 동의를 받아야 합니다.
* 책값은 뒤표지에 표시되어 있습니다.